Ulf Lebus

DIE
WAHRE GESCHICHTE
DER
VERSCHWUNDENEN TÖNE

Dank an Hellmut Liske, Dietmar Lebus, Burkhard Seidemann, Dietrich Petzold und Dorothea Belke.

Herstellung und Verlag:
BoD – Books on Demand
ISBN 978-3-8482-1074-9

I

Ich saß im Tonstudio vor meinem Computer und
hatte ein Problem.
Nicht mit dem Computer.
Nein, nein...

Er ist zwar sieben Jahre - also für einen Computer
wirklich alt - und hat einiges hinter sich, aber er
verrichtet seine Arbeit immer noch zuverlässig.
Darin bestand mein Problem nicht.

Ich arbeite seit einiger Zeit hier in dem Tonstudio.
Musiker kommen, um Aufnahmen zu machen, weil
sie eine CD herausbringen wollen.
Und es gibt auch Schauspieler und Sprecher,
die literarische Werke lesen, um für einen Verlag
Hörbuch - CDs zu fertigen.
Diese Aufnahmen müssen bearbeitet werden.
Dazu wird heutzutage ausschließlich der Computer
genutzt.

Mit einem professionellen Programm vollbringt mein
alter Computer geradezu Wunder.
Ich kann mit ihm verhaspelte Sätze, falsch
ausgesprochene Wörter,
Atem, ja selbst einzelne Vokale und Konsonanten
herauszuschneiden.
Oft muss ich auch etwas einfügen.
Die meistverwendeten Einfügungen sind die Pausen
oder auch „Stille" genannt.
Wenn ein Sprecher keine oder eine zu kurze Pause
zwischen einem Wort, Satz oder einem Absatz
gelassen hat, wird sie eingefügt.

Wenn Stille fehlt, wirkt der Sprecher überhastet.

Oder das „t" muss eingefügt werden, wenn ein
Sprecher bei einem Wort diese Endung nicht
oder zu undeutlich ausgesprochen hat.
Er muss das Wort dann nicht noch einmal beim
Korrekturtermin einsprechen, sondern ich beseitige
stillschweigend diesen Fehler.

Ich suche mir einfach an einer anderen Stelle ein
deutlich ausgesprochenes „t", kopiere es und füge es
ein.

Es gibt viele Worte, die mit „t" enden...
Nun gibt es auch viele Worte, die mit „g", „k" oder
„ck" enden.

Diese Endungen nennt man Verschlusslaute und sie
haben ihre eigenen Tücken. Sie werden von
manchem Sprecher oft zu s t a r k, Entschuldigung,
stark betont...

Aber ich schweife jetzt doch ein wenig ab...

Ich hatte erst vor einigen Tagen den Wortschnitt für
drei CDs fertig gestellt.
Danach bin ich immer sehr auf das
Korrekturprotokoll gespannt.

Eine Korrekturhörerin prüft äußerst akribisch die
Qualität:
Ist der Text vollständig?
Hat der Sprecher ein Wort hinzugefügt oder falsch
ausgesprochen?
Oder ist ein Schnittfehler zu hören?

Nun hatte mir mein Chef gerade das Korrekturprotokoll der Korrekturhörerin auf meinen Arbeitstisch gelegt.
Da stand im unteren Drittel kurz und knapp: „Ab Take 16: Atmer zu laut! Durchgängig!!!"

Diese vernichtende Kritik betrifft meine Arbeit!

Wenn die Korrekturhörerin das Atmen beanstandet, gibt es kein Pardon.
Sie ist nun einmal die vorletzte Instanz, bevor die CDs endgültig fertiggestellt werden.
Vom Chef höchstpersönlich.
Der Chef hat die Verantwortung für die Endfertigung.
Und der hört alles, auch das Atmen.

Der Chef sagte zu mir: „Übrigens, Morgen um 9.00 Uhr kommen unsere Musiker und die Sängerin zum Aufnahmetermin. Der Komponist ist auch anwesend.
Die Aufnahme mache ich.
Du brauchst nicht dabei zu sein.
Du machst wieder den Schnitt. Na, dann Tschüss und schönen Abend noch!"
Er ging und ließ mich allein im Studio.

Ich las noch einmal das Korrekturprotokoll: „Ab Take 16: Atmer zu laut! Durchgängig!!!"

Der Chef hatte mir bei Übergabe des Auftrages gesagt, dass der Sprecher leicht asthmatisch veranlagt ist.
Er hatte mich vorgewarnt!
Beim Schnitt am Computer jedoch fand ich sein Atmen nicht immer störend.

Asthmatiker atmen nun einmal etwas lauter und geräuschvoller.

Etliche Atmer hatte ich auch schon ausgetauscht. Man sucht sich einfach einige „vernünftige" Atmer und speichert sie ab und somit stehen sie immer wieder zur Verfügung.

Ein bewährtes Mittel - besonders für Faulpelze - ist auch: Atmer markieren und einfach nur den Lautstärkepegel reduzieren.
Für einen Geübten wie mich, ist das innerhalb weniger Sekunden erledigt.
Es dauert also nicht viel länger, als das Atmen selbst. Sozusagen ein Verhältnis von 1:1.
Es ist dann zwar immer noch das gleiche Atmen, aber es klingt leiser. Es ist fast nicht mehr zu hören. Nur der konzentrierte Hörer kann es noch wahrnehmen.
Wäre es allerdings ganz verschwunden, klingt es unnatürlich.

Man muss unterscheiden zwischen Einatmen und Ausatmen.
Bei beiden Formen gibt es kurze, mittlere und lange Atmer. Also insgesamt sechs verschiedene Atmer. Viel mehr kann der künftige Hörer auch gar nicht unterscheiden. Er soll schließlich auf den Text achten.

Aber die Korrekturhörerin beanstandete ab Take 16 nicht den Text, sondern den zu lauten Atem!

Take 16 beginnt in der 57. Minute.

Da die Gesamtlänge der drei CDs 225 Minuten
beträgt, hatte ich also 168 CD-Minuten vor mir,
die noch einmal gehört und bearbeitet werden
mussten.

Ich fluchte vor mich hin.

Allein der Text war an Dummheit und Dreistigkeit
nicht zu überbieten!

Es war eine Anleitung zum besseren Verkaufen
und der Autor stellte die These auf, dass ein guter
Verkäufer das logische Denken beim Kunden
verhindern muss:
Logisches Denken würde den Kunden überfordern
und er würde sich im Endeffekt nicht für den Kauf
eines Produktes entscheiden.

Nur nicht aufregen! Ich musste mich ja nur auf das
Atmen des Sprechers konzentrieren.

Vielleicht lag das Problem auch bei der
Aufnahmeleitung, weil der Sprecher zu dicht am
Mikrofon saß.

Darüber nachzudenken ist allerdings müßig, weil
erstens das fertige Material vorliegt und zweitens die
Aufnahme nicht wiederholt werden kann.
Einmal aus Kostengründen und außerdem würde der
Sprecher dann anders atmen?

Wie oft atmet ein Mensch eigentlich beim Sprechen
in einer Minute?
12mal... 15mal?

Vielleicht atmet ein Asthmatiker häufiger als ein gesunder Mensch?

Das wollte ich genau wissen!

Ich markierte mir eine Minute in dem aufgenommenen Text und begann zu zählen.
Es waren 19 Atmer.

Ich war bestürzt.

Ich nahm mir nun eine andere Stelle vor.

Und ich zählte 20 Atmer.

Ich war erschüttert.

Das statistische Mittel ergibt: 19,5.
In 168 Minuten sind das ...?

168 x 19,5 ergibt 3276.

3276 Atmer.

Ich hielt den Atem an.

Jetzt hatte ich wirklich ein Problem!

Ich musste auf 3276 Atmer achten, sie unter Umständen austauschen oder den Lautstärkepegel reduzieren.
Warum musste der Sprecher so laut atmen?
Wenn er leiser geatmet hätte, gäbe es keine Atmer, die zu bearbeiten wären!
Die Atmer wären dann kein Problem mehr!

Die CDs wären fertig geschnitten, sie könnten an den Verlag geschickt werden und schon bald gäbe es das vereinbarte Honorar.

Aber im Lautsprecher hörte ich sein Atmen.
Das typische Atmen eines Asthmatikers.

Es war unüberhörbar.

Es schien allgegenwärtig.

Es gab keine Sprache mehr, sondern nur noch Atem.

Und ich musste ihn beatmen,
Entschuldigung, bearbeiten.
Bis Morgen.

Es war nun schon Nacht und in dem Studio war es jetzt fast still.

Die erste CD war zu Ende und damit gab es auch kein Atmen mehr. Nur das leise Summen des Computers war zu hören.

Es wirkte einschläfernd auf mich.

Einige Minuten Pause könnte ich mir schon gönnen...

II

Doch, was war das?
Ich hörte auf einmal eine wundervoll zarte,
geradezu sphärische Musik.
Erst war sie kaum zu vernehmen, ganz leise,
dann lauter und lauter,
bis sie schließlich den Raum erfüllte.

Es waren die Töne,
die sich zu einem Konzert vereinten.

„Es ist so wunderschön mit euch",
hauchte als erstes das Cis.
Es war in Hochstimmung.

„Ja, ich genieße es auch", schwärmte das Dis.

„Wenn es doch immer so bliebe",
wünschte sich das Fis.

„Wir können ja noch einmal von vorn anfangen!",
schlug das Gis vor.

Das war den anderen Tönen aus dem Herzen
gesprochen und so erklang die Musik noch einmal
und wieder etwas stärker.

„Ein ´Da capo´. Ja, ja, wunderbar", fanden alle
anderen.

Plötzlich war ein Ton mehrmals hintereinander zu
hören. Durch seine Intensität störte er geradezu die
bisherige Eintracht und Harmonie der Töne.

Es war das A, der Kammerton,
Eindringlich ließ er vernehmen: „Doch leider..."

„Was leider?", kam es vom jetzt vom B.
„... leider beginnt gleich die Tonaufnahme!",
vollendete der Kammerton.

Die Musik verstummte schlagartig und die
Stimmung der Töne sank beträchtlich.

„Oh... Nein... Stimmt ja... Wie schlimm... Nicht
schon wieder!", klang es nun unschön
durcheinander.

„Es war so herrlich, dass ich gar nicht mehr ans
Aufhören dachte", bedauerte das Ces.

„Und nun?". Auch das Des hörte sich recht matt und
glanzlos an.

„Was nun?! Nun muss jeder von uns wieder an
seinen Platz und zwar an den, der für ihn vorgesehen
ist", ertönte wiederum der Kammerton.

„... Und wohl oder übel wieder nach ihrer Pfeife
tanzen", ergänzte der Es.

„Ich will aber nicht", widersetzte sich das F.

„Du musst aber!" Der Kammerton blieb fest.

„Ich will trotzdem nicht!"

„Dann musst du eben trotzdem!

Wie würden wir zusammenklingen, wenn du fehltest?
Das würde doch jeder bemerken.
Na, sagen wir mal, fast jeder.
Aber auf jeden Fall unser Komponist..."
„Den habe ich noch nie leiden können!"

Der Kammerton überhörte den Einwurf und fuhr
fort: „Also der Komponist, die Sängerin, der Geiger,
der Pianist und schließlich auch der Studiochef.
Eine schöne Blamage wäre das. Was könnten wir
anfangen ohne dich? Nichts! Ohne mich natürlich
auch nichts, denn ich bin schließlich der
Kammerton!"

„Ja... ja... Du bist wie immer nicht zu überhören!",
stimmten die anderen Töne wie im Chor ein.

„Musst du dich wieder in den Vordergrund spielen?",
kam vom H, das sich bisher zurückgehalten hatte.

„Ich wollte das nur einmal betonen!"
Der Kammerton wendete sich an das G:
„Übrigens... Was hast du gegen unseren
Komponisten?"

„Er unterdrückt mich!", entgegnete das G.

„Wie?"

„Na, in seinem neuen Stück muss ich immer ganz
leise sein. Ich finde, das habe ich nicht verdient."

„Du hast ganz recht", bestätigte das D.

„Was sich heutzutage so Komponist nennen darf…
Ich muss bei ihm viel zu laut sein! Und das dreimal
hintereinander. Übrigens… Bei dir sind es nur zwei
Stellen, an denen du leise sein musst. Das ist doch
viel einfacher."
Das G wurde jetzt etwas lauter: „Du vergisst die
Wiederholung!"

Das D wurde kurz still, bevor es wieder einsetzte:
„Dann wären es bei mir sogar sechsmal und bei dir
nur viermal. Ein gewaltiger Unterschied! Ich bleibe
dabei:
Du hast es viel einfacher, als ich."

Doch das G wollte sich so schnell nicht geschlagen
geben: „Dafür kannst du dich zwischendurch
erholen. Du hast eine viel längere Pause."

„Was habe ich?"

„Oh, Freunde, nicht diese Töne!", beruhigte sie der
Kammerton. „Das ist ja nicht mehr Anzuhören!"

„Mit Verlaub", mischte sich nun das C ein.
„Ich werde an der einen Stelle fast zu Tode gehetzt.
Dieses Tempo! Dabei steht doch geschrieben: Ein
Jegliches hat seine Zeit."

„Ja", fügte das D hinzu, „gut Ding will gut Weile
haben."

„ Jetzt bitte ich aber auch mal um Gehör!",
forderte das H.
„Von uns allen habe ich es am schlimmsten! Diese
Sängerin! Sie hört nicht auf, mich zu quälen.

Sie versucht mich zu treffen, aber sie trifft mich nicht. Ich muss immer an die armen Zuhörer denken.
Das haben sie nun wirklich nicht verdient."

„Ich gebe dir recht", kam es nun vom B.
„Die Sängerin ist furchtbar.
An der hohen Stelle liegt sie zwischen dir und mir.
Und das ist ganz schön unangenehm."

„Manchmal sogar über mir!", verbesserte das His.

Das H erschrillte: „Nein. Soweit ist es nun noch nicht gekommen. Sie liegt nur unter mir!"

„Nicht schon wieder diese Töne!"
versuchte der Kammerton wiederum zu beruhigen.

„Wenn ich mal eine Bemerkung machen darf...".
Das D war vorsichtig: „Ihr vergesst bei allem, dass es mich am härtesten trifft. Wie ihr wisst, gibt es die tiefe Stelle, wo der Pianist im Fortissimo auf mich eindrischt. Ich habe schon viel erlebt, aber das übertrifft alles. Wenn ich mich zur Ruhe begebe, bin ich regelrecht zerschlagen. Ich stimme dem F zu: Ich will auch nicht mehr!"

Der Kammerton erschrak, als nun alle anderen laut zustimmten:
„Ich auch nicht!... Ja!... Das F hat recht!"

„Jeder kann heutzutage mit uns machen, was er will", erklärte das G.

„Und jeder darf ins Tonstudio!", ergänzte C.

„Es ist eine Schande!", brummte das G. „Ich habe die Nase voll von diesen Stümpern und Möchtegerns! Aber nicht mehr mit mir! Ich will nichts mehr davon hören!"

„Wir auch nicht!", bekräftigten die anderen.

Der Kammerton gab kläglich von sich: „Aber, ihr könnt mich doch nicht allein zurücklassen. Wie würde sich das anhören?" Er führte es sogleich vor, wobei er seinen Ton erst einmal erklingen ließ, dann mehrfach hintereinander. Den Rhythmus variierte er dabei etwas. Traurig hielt er schließlich inne und wartete.

„In der Kürze liegt zwar die Würze, aber trotzdem ganz schön eintönig", unterbrach der erste die Stille.

„Oder wie wäre es damit?". Der Kammerton pausierte kurz und es erklang die zweite Version. Sie ähnelte der ersten ziemlich.

„ Der Ton macht die Musik", dozierte das D.

„Aber ein Ton noch keine Sinfonie!", höhnte das E.

„Aller guten Dinge sind drei." Der Kammerton war entmutigt, aber er brachte noch eine dritte Version zu Gehör. Sie ähnelte den ersten beiden sehr. „Das war´s auch schon. Nicht anzuhören", beklagte der Kammerton.

„Nicht gerade das, was man ein Ohrwurm nennt",
urteilte das E.

„Habe ich schon einmal gehört. Es ist die alte Leier",
fachsimpelte das G.

„Die Menschen gewöhnen sich doch an alles.
Sie brauchen nur jemand, der ihnen sagt, dieses sei
gut oder jenes schlecht, schon glauben sie es",
sagte abgeklärt das H.

Der Kammerton gab nun seinen Widerstand auf:
„Dann will ich auch nicht länger bleiben. Ich komme
mit euch!"

„Gut.. Bravo... Endlich...", jubilierten die anderen
Töne.

„Aber wohin eigentlich?", meldete sich das E.

Auch andere Töne erschallten: „Ja, wohin, wohin?"

„Wir könnten uns erst einmal hier verstecken und
zuhören, was sie ohne uns machen",
schlug das C vor.

„Ja, prima. Wir werden sie abhören, ohne dass sie es
wissen; das wird ein Riesenspaß",
stimmte das Dis zu.

Der Kammerton äußerte sich vorsichtig:
„Dürfen wir denn das?"

„Hört nicht auf ihn!", forderte das E die anderen auf.

Diese gaben laut ihre Zustimmung.

Das G hatte schon einen Plan:
„Wenn wir in Hörweite bleiben, müssen wir ganz still sein, damit sie uns nicht finden!"
Das H klirrte: „Da verfügst du ja über genügend Erfahrung."

„Wie bitte?", schellte das G.

Das H erklang etwas klarer: „In dem neuen Stück musst du doch schon ganz leise sein."

„Und du kannst dich schön ausruhen, denn du kommst gar nicht erst vor, weil der neue Geiger anstatt deiner immer einen falschen Ton spielt und der Komponist es nicht hört, wahrscheinlich, weil er schon zu alt ist", konterte das G.

Das H lärmte jetzt laut auf: „Erstens ist es nicht ein falscher Ton, sondern ein anderer und zweitens spielt mich dafür der Pianist. Also von wegen: Ausruhen!"

Der Kammerton schepperte: „Ich will jetzt keinen Ton mehr hören! Wir müssen zusammenhalten; mehr als je zuvor. Und wir dürfen keinen zurücklassen!"

„Wo habe ich das schon mal gehört?",
sinnierte das C.

„...Also kommt!", kam es vom Kammerton.

„Halt!" tönte das D, „Nicht so schnell!"

„Was hast du denn?", kam es vom E.

„Wir müssen auch die letzten Spuren beseitigen und
unsere Spiegelbilder, die Noten mitnehmen!
Wir dürfen nicht eine einzige zurücklassen!"
Das D wirkte sehr überzeugend.

Die anderen Töne stimmten lebhaft zu.
Es herrschte plötzlich ein geschäftiges Treiben:
Notenblätter wirbelten durch die Luft.
Ein Stuhl fiel um. Als letztes ein Notenständer.
Und dann war es ganz still.

III

Etwas später kamen durch die Eingangstür des
Tonstudios der Pianist und der Geiger mit seinem
Instrument. Sie betrachteten das Chaos.
Eine Weile standen sie ratlos, dann rief der Pianist:
„Wie sieht´s denn hier aus!"

Auch der Geiger verlieh seinem Unwillen Ausdruck:
„Um Himmelswillen!"

Der Pianist äußerte verdrießlich: „Ich frage mich,
warum die hier keine Putzfrau haben? Ich bin nicht
engagiert worden, um hier aufzuräumen.
Ich habe einen Vertrag als Pianist."

„Und ich als Geiger."

Sein Partner erwiderte gereizt: „Vertrag hin, Vertrag
her...
Ich werde mich beim Chef beschweren.
Aber los, räumen wie erst einmal auf."

Sie machten sich an die Arbeit und begannen,
die Notenblätter einzusammeln.

Der Geiger schaute verwundert auf die Papierbögen:
„Die sind ja leer..."

Der Pianist war ebenso erstaunt: „Unbeschriebene
Blätter. Die Sängerin war nicht hier... Dann war es
bestimmt der Komponist und da ihm wieder einmal
nichts Gescheites eingefallen ist, hat er aus Wut alles
durcheinander geworfen."

„Er hat schon lange nichts Vernünftiges mehr komponiert, dieser Tondichter."

„Du sagst es", bestätigte der Pianist, „er zehrt noch immer vom Erfolg seines Erstlingswerkes, der Operette „Maria und der Jungfernkranz" und das ist nun auch schon fast dreißig Jahre her...
Aber, du wirst doch wohl geübt haben?
Nicht, dass wir wieder zigmal die Aufnahme wiederholen müssen!"

„Natürlich habe ich geübt. Die ganze Nacht."

„Die ganze Nacht", wiederholte ironisch der Pianist.
„Übrigens, was ich noch sagen wollte: In dem Stück spielst du anstelle von H, der Terz, immer G, den Grundton!"

„Ich finde, dass es sich besser anhört", rechtfertigte sich der Geiger."

„Besser nicht, aber einfacher für dich", ereiferte sich der Pianist. „G spiele ich schon im Bass... Außerdem spiele ich das H mit, als freundschaftliche Geste sozusagen."

„Das habe ich nicht bemerkt."

„Das dachte ich mir schon.
Also für die heutige Aufnahme gilt:
H spielst du und H spiele ich. Basta."

Er setze sich an das Klavier.
„Ich will es dir noch einmal vorspielen."

Er griff in die Tasten und war verblüfft, denn kein
Ton war zu hören.
„Was ist das? Nichts. Nirgendwo erklingt ein Ton!"

„Still und starr ruht der See",
konstatierte der Geiger.

„Der Chef hat wohl vergessen, den Klavierstimmer
kommen zu lassen. Da der Kasten schon etliche
Jahre auf dem Buckel hat, ist es bestimmt was mit
der Mechanik", erklärte fachkundig der Pianist.
„Na, hoffentlich kriegt er das noch bis zur Aufnahme
hin!"

Der Geiger packte sein Instrument aus
und versuchte es zu stimmen, aber es gab nur
krächzende Laute von sich.
„Na, hör sich das einer an."

„Der schräge Otto lässt grüßen. Hast du dich im Ton
vergriffen?", fragte der Pianist.

„Nein", sagte der Geiger. „Vorhin war sie noch in
Ordnung."

„Sagst du."

„Ich schwöre es. Und nun?" Der Geiger war ratlos.
Der Pianist deklamierte: „Und wer spielt heute die
erste Geige? ...Vielleicht ziehst du mal neue Saiten
auf!"

„Die sind neu", verteidigte sich der Geiger.

„Hört. Hört", sagte der Pianist.

In diesem Moment kam die Sängerin ins Studio.
„Hallo! Was macht ihr denn für Gesichter. Wie fröhliche Musikanten seht ihr ja gerade nicht aus."

Die beiden hüstelten verlegen und der Pianist sagte zur Sängerin:
„Ja, wir haben ein Problem. Wir mussten hier aufräumen, weil hier ein großes Chaos war. Notenblätter lagen herum. Leere Notenblätter. Wir dachten, dass der Komponist sie zurückgelassen hätte. So weit, so gut. Aber dann stellten wir fest, dass das Klavier keinen Ton von sich gibt und die Violine auch nicht."

Die beiden Musiker führten es ihrer Kollegin vor.

Die Sängerin sagte heiter. „Da haben wir Sänger es viel einfacher: Keine Instrumente durch die Gegend schleppen. Nur kurz einsingen. Und bei ´Achtung Aufnahme´ geht´s los."
Sie räusperte sich geräuschvoll und versuchte zu singen.
Nach einem sehr kläglichen Ergebnis war sie außer sich: „Was ist das?
Ich bin ja total heiser! Ich habe keine Stimme mehr! Ich muss mich erkältet haben.
Vorhin in der Badewanne sang ich wie eine Nachtigall. Das ist ja furchtbar!
Und gleich ist unsere Musikaufnahme.
Und ich kann nicht singen!"

Der Geiger wies sie zurecht: „Wir zählen wohl gar nicht!"

„Wir können schließlich nicht spielen",
ergänzte der Pianist.

Jetzt kam der Komponist herein:
„Entschuldigt, wenn ich mich verspätet habe,
aber ich hatte noch ein wichtiges Gespräch mit dem
Studiochef. Bei der nächsten Produktion macht ihr
natürlich auch wieder mit.
Dafür habe ich mich eingesetzt."

Der Pianist bedankte sich : „Du denkst doch immer
an uns. In guten und auch in schlechten Zeiten.
Apropos ... schlechte Zeiten. Du hättest lieber wegen
der heutigen Produktion mit ihm sprechen sollen."

„Wieso denn das?", fragte der Komponist.
„Es ist doch alles klar. Kleine Probe noch, ein paar
Feinheiten korrigieren und dann eine glänzende
Aufnahme. Ich habe da ein gutes Gefühl.
Verlasst euch auf einen alten studioerfahrenen
Mann, wie ich es bin."

Der Pianist versuchte auf dem Klavier zu spielen.
Hör doch selbst. Es spielt nicht mehr. Wie verhext!"

Der Komponist bewahrte die Fassung:
„Wo ist das Klavier, ich trage die Noten.
Das klärt sich alles. Ich kenne einen guten
Klavierstimmer. Ich werde ihn gleich anrufen."

Der Geiger nahm sein Instrument:
„Aber meine Violine, die ist auch kaputt."

„Sie pfeift aus dem letzten Loch", kommentierte der
Komponist.

„Wie man in den Wald hineinruft, so schallt es heraus", gab der Pianist zum Besten.

„Und dabei hängt der Himmel voller Geigen."
Der Komponist überlegte kurz und sagte dann:
„Das klärt sich alles. Der Chef spielt auch Violine. Bestimmt wird er dir sein Instrument zur Verfügung stellen."

Nun konnte sich die Sängerin nicht mehr zurückhalten und hatte wieder einen hysterischen Ausbruch: „Aber meine Stimme versagt. Und damit gibt es keine Aufnahme mit mir. Ihr müsst ohne mich auskommen!" Sie versuchte noch einmal zu singen, gab es aber sofort auf.

Der Komponist zitierte abermals:
„Gesang wird störend oft empfunden, wenn er mit Geräusch verbunden. Das ist natürlich schon ein Problem."
Nach einer kleinen Pause fügte er hinzu:
„Das klärt sich alles. Ich werde die von dir so hochgeschätzte Kollegin Elfriede-Elsbeth Finster anrufen. Sie singt zwar nicht ganz so gut wie du, aber um die Aufnahme zu retten, wird es schon gehen. Der Zweck heiligt die Mittel. Und überhaupt: Für die Kunst müssen Opfer gebracht werden.
Also nun: Alles hört auf mein Kommando!
Ihr geht in das Cafe gegenüber, aber ertränkt nicht euren Kummer. Ich werde inzwischen alles Notwendige veranlassen und komme so schnell wie möglich nach."

Der Komponist wollte das Studio verlassen, da sagte der Pianist zu ihm. „Da wäre noch ein Problem...

Bis jetzt hast du uns die Noten noch nicht gegeben.
Als wir hierher kamen, fanden wir nur leere
Notenblätter."

„Und wer hören kann, der höre. Das klärt sich alles."
Der Komponist griff nach seinem Aktenkoffer, öffnete
ihn und holte einige Notenblätter hervor.
„Ich habe die Partitur dabei und die Stimmen von der
letzten Aufführung meines Stückes in
Niederhinterwalde."
Er blätterte kurz und sah erstaunt auf.
„Nur leere Blätter. Habe ich heute Morgen
versehentlich in den falschen Stapel gegriffen oder
hat jemand einen Scherz gemacht und in meinem
Koffer gewühlt?"
Er blickte fragend in die Runde.
Der Komponist resignierte. „Heute geht auch alles
schief."

Der Geiger versuchte ihn zu trösten: „Das klärt sich
alles."

Es schien zu helfen, denn der Komponist schöpfte
neuen Mut.
„Eben, das klärt sich alles. Bis zu mir nach Hause ist
es ja nicht weit. Ich werde die Noten schon finden.
Also bis gleich. Wir treffen uns dann im Cafe." Er
verließ eilig das Studio.

Der Pianist erklärte missmutig.
„Seinen Optimismus möchte ich haben:
´Klärt sich alles, klärt sich alles. ´
Ich kann es nicht mehr hören. Hier ist das größte
Chaos..."

„Und bei der Aufnahme soll diese blöde Kuh für mich singen!", protestierte die Sängerin.

„Manchmal hat man auch Glück im Leben", sagte der Pianist.

„Wie meinst du das?", fragte misstrauisch die Sängerin.

„Nun kommt schon", drängelte der Geiger. „Auf den Schreck müssen wir erstmal was trinken."

Die drei verließen nun auch das Studio.
Es war wieder ganz still.

IV

Nach einer Weile begann wieder die leise Musik.

„Wir haben ganz schön Verwirrung gestiftet",
kam es vom C.

„Es war eine gute Idee von dir, unsere Spiegelbilder,
die Noten mitzunehmen."
Das Dis fühlte sich sehr geschmeichelt.
„Zum Glück ist es mir noch im letzten Moment
eingefallen. Wir haben sozusagen gründlich
gearbeitet."

Das F schätzte die Situation folgendermaßen ein:
„Jetzt stehen sozusagen alle Räder still.
Nach allem, was wir erleiden mussten, fühle ich eine
gewisse Befriedigung. Rache ist eben doch süß."

Doch das Es hatte da so seine Bedenken:
„Ein bisschen tun sie mir doch leid."

Die Musik verstummte, doch nach einer kleinen
Pause protestierten die anderen Töne lautstark:
„Wie bitte? Das meinst du doch nicht ernst!?"

Das Es verteidigte sich: „Doch. Einen kleinen
Denkzettel verpassen... ja... aber so ist aus einem
kleinen Spaß bitterer Ernst geworden."

Das F widersprach ihm. „Ich habe nie an einen
kleinen Spaß gedacht. Die Menschen sollten endlich
wieder begreifen, was sie an uns haben."

„Du hast völlig recht", stimmte das G ein.

„Wie war es in früheren Zeiten?", erinnerte das H.
„Die Menschen gingen viel liebevoller mit uns um.
Man sang gemeinsam im Chor, auf Feiern und in
ganz fernen Zeiten sogar bei der Arbeit, aber das ist
solange her, dass sich keiner mehr erinnern kann.
Und wenn einer von ihnen dahinging, veranlassten
die Hinterbliebenen, dass wir besonders traurig
erklingen mussten."

Das Des ließ vernehmen:
„Berühmte Komponisten schrieben herzergreifende
Trauermusik: Trauermärsche, Totenmessen,
Requien, die vielen langsamen Sätze, Adagios und
Largos..."

„Ja, so viele B-s, hat die Welt bis dahin noch nicht
gehört", tönte das Ges.

„Und dann das Weihnachtsfest", schwärmte das Cis.
„Alle sangen gemeinsam im Kreise der Familie und
wieder erschufen Komponisten und Kirchenmusiker
für diesen Anlass wunderschöne gefühlvolle Lieder,
Kantaten, Messen und Oratorien."

Die anderen Töne erklangen wieder, angenehm
ergriffen und regelrecht gerührt.

Doch das G beendete die Träumerei:
„Es gab aber auch ganz andere Zeiten:
Posaunenklänge brachten die Mauern von Jericho
zum Einsturz. Mit schmetternden Trompetentönen
und Trommelwirbel marschierten die Menschen in
den Krieg. Nach verlorenen Schlachten gab es

„Siegesmeldungen" im Radio und wir mussten besonders heroisch erklingen."

Das His und das Fis hatten auf einmal die erhabensten Gefühle. Wann waren sie das letzte Mal in dieser totalen Hochstimmung?

Aber der Kammerton brachte die Ernüchterung: „So viele Kreuze...   Und unter ihnen wurden so viele Gefallene beerdigt oder sie starben an ihm selbst."

Es wurde grabesstill.

„Aber das ist doch so lange her!", klimperte das Dis.

„Wir Töne wurden missbraucht und wir gaben uns dafür her!", beharrte der Kammerton.

Das F versuchte zu vermitteln: „So kommen wir nicht weiter. Ich würde vorschlagen, dass wir weiterhin versteckt bleiben und hören, was weiter passiert."

Die anderen stimmten zu. Und es wurde wieder ganz still.

V

Ein wenig später konnte man schon von draußen ein lautes Schimpfen vernehmen. Es waren der Pianist und der Geiger, die ihre unfreiwillige Pause beendet hatten.

Der Pianist konnte sich gar nicht beruhigen. „Es ist doch wie verhext! Da wollen wir gemütlich in dem Cafe sitzen, um über den Ärger nicht weiter nachzudenken; da ist doch auf einmal die Musikanlage des Cafes kaputt. Sie schnarrt vor sich hin – keine Musik – nicht ein Ton."

Sein Kollege war genauso aufgebracht. „Mir war richtig unheimlich zumute. Das kann doch nicht mit rechten Dingen zugehen: Erst keine Noten, dann sind die Instrumente kaputt und als Sahnehäubchen obenauf, kann auch die Sängerin nicht mehr singen. Besonders schlimm ist für mich, dass ich von meinem letzten Fünfziger meine Violine gekauft habe. Ich brauche sie, um Musik zu machen. Ich lebe schließlich von der Musik; etwas anderes habe ich nicht gelernt."

„Bei mir ist es auch nicht anders", erwiderte der Pianist. „Ach, da kommt ja unser Komponist."

Der Geiger wollte neugierig wissen: „Na, hat sich alles geklärt?"

„Einen Teufel hat es sich!", schnauzte der Komponist ihn an.

„Die Sängerin hat angerufen: Sie war beim Arzt, aber der kann nichts feststellen. Er meinte, wahrscheinlich ist die Störung nur psychisch bedingt. Das sagen die doch immer, wenn sie nichts feststellen können."

„Dann hat er also doch was festgestellt!", sagte der Geiger.

Der Komponist wurde wütend: „Das will ich überhört haben! Außerdem rede ich jetzt. Die andere Sängerin ist telefonisch nicht zu erreichen..."

„Vielleicht ist sie noch unterwegs?", vermutete der Pianist.

„Kann ich vielleicht mal ausreden! ... "
Der Komponist überlegte: „Wieso unterwegs?
In aller Herrgottsfrühe? Nein, nein. Wie dem auch sei", fuhr der Komponist fort, „bei mir zu Hause kann ich die Partitur nicht finden.
Mein Klavierstimmer hat aufwärts zu tun und kann heute nicht mehr hierher kommen.
Das elektronische Klavier des Studios ist verborgt und die Violine des Chefs ist momentan in der Werkstatt. Ja, stellt euch vor: Neulich nach einer Musikaufnahme wurde in kleiner aber erlesener Runde die Aufnahme erst ausführlich ausgewertet, dann gebührend gewürdigt und abschließend ausgiebig gefeiert.
Bis sich schließlich einer der Musiker auf das Instrument setzte. Er hatte wohl kurzzeitig die Orientierung verloren.
Zu allem Unglück war der Kollege auch noch stark übergewichtig, was erst der Geige und dann ihm

nicht gut bekam, denn der Chef stand in
unmittelbarer Nähe.
Aber die Hauptsache: Der Chef hat entschieden,
dass die Studioaufnahme heute ausfällt!
Und er will uns anrufen, wenn sich etwas Neues
ergeben hat. Ich darf gar nicht an die Konsequenzen
denken. Die Aufnahme sollte heute im Kasten sein,
da der Sender sie unbedingt für die neue Reihe
´Sei nicht traurig, denn wir machen Musik! ´
haben wollte. Wie ihr wisst, ist das die
Nachfolgesendung der überaus erfolgreichen Reihe
´Warum so traurig? Heute spielen Musikanten auf! ´
Nicht auszudenken.
Die Startsendung ohne meine Komposition.
Ich bin aus dem Rennen." Dem Komponisten rollte
eine große Träne über die Wange.

Der Pianist und der Geiger trösteten ihn.

Der Komponist wurde wieder etwas gefasster:
„Ihr könnt jetzt gehen. Macht wie ich, einfach mal
eine Pause. Kennt ihr übrigens den Witz schon?
...Ein Musiker kommt auf die Welt, macht Pause und
stirbt."

„Muss sich ein Komponist ausgedacht haben",
vermutete der Pianist.

Die drei packten ihre Sachen zusammen und gingen
hinaus.

Der Komponist teilte ihnen mit: „Sobald ich etwas
Neues erfahre, rufe ich euch an."

„Ja, - ruf – mich – an!", sagte der Geiger.

Der Komponist schaltete das Licht aus und die Tür wurde verschlossen.

VI

Nach einer Weile fanden sich die Töne wieder zusammen.
Eine zarte Musik begann, wie am Anfang.

Der Cis war begeistert.
„Herrlich, einfach entzückend. Habt ihr eigentlich schon mal bemerkt, dass zu einem bestimmten Ton, ein anderer besonders gut passt, und wieder ein anderer nicht so gut und manch einer sogar gar nicht.“

Die Musik hörte auf.

„Hört doch selbst...“

Es erklangen nun das Cis und das Gis gemeinsam: Die reine Quinte. Erst einmal, dann ein zweites Mal...
Sie erklang immer wieder, wobei sich das Tempo steigerte.

„Ein wunderbarer Zusammenklang“, fand das Cis.

„So viel Harmonie“, stimmte das Gis ein.

„Ein schön zu hörender Zweiklang“, bestätigten die anderen. „Ihr solltet immer zusammenklingen.“

„Mir klingt es schon in den Ohren“, tönte das Cis.

„Süßer die Glocken nie klingen“, bestätigte das Gis.

„Ich höre schon die Englein singen", kam es vom Cis.

„Jauchzet, frohlocket..."

„Himmelhoch jauchzend..."

„... und dann zu Tode betrübt"

„Ein Ton kommt selten allein". Das Cis war jetzt doch etwas schwach im Ton.

„Höre ich da etwa Hochzeitsglocken läuten?" Das E erzitterte leicht in Vorfreude.

„Das wäre nur die Quintessenz", brachte das H ein. „Und endlich gäbe es einmal wieder eine rauschende Ballnacht und wir könnten uns so richtig austoben!"

Das D hielt es nun nicht länger aus:
„Lasst mich mitmachen!" Es entstand ein nicht zu überhörender Missklang.

Das Cis protestierte: „Nein lass das, du weißt, ich hass das. Du passt doch gar nicht zu uns."

Das E wurde nun auch mutig. „Aber mit mir geht es."

Das Gis war anderer Meinung: „Nein! Auch dieser Ton gefällt mir nicht. Und außerdem genügen wir uns selbst."

„Such dir doch selbst einen, der zu dir passt!", empfahl das Cis.

Nun fanden sich fünf Quinten zusammen und spielten eine Weile miteinander.

Das Cis und das Gis machten in der Zwischenzeit eine Pause.

„Na, hört ihr... bemerkte das Cis.

„Ja, wunderschön", entdeckten die anderen Zweiklänge.

Das Cis stellte fest: „Wunderbar. Die vollkommene Harmonie. Wir sind im Einklang miteinander. Jetzt sind alle Töne gleich."

Der Kammerton belehrte die anderen: „Das habe ich schon einmal gehört. Töne machten eine Revolution und gaben sich eine Verfassung, in der diese Losung stand. Der Dichter, der dieses niederschrieb, benannte sich nach meinem Namen: A –well."

Das D bemerkte: „Da musst du dich verhört haben."

„Unerhört!", fand der Kammerton.

„Doch!" kam es vom D. „Der Dichter hieß Or – well und er schrieb nicht über Töne, sondern Tiere."

Dem Kammerton war es unangenehm, dass einer mehr wissen sollte, als er: „Wie dem auch sei: Die Töne mögen zwar für sich genommen und einzeln stehend, gleich sein, aber dennoch gibt es Unterschiede. Da ich der Kammerton bin, müsst ihr euch nach mir richten."

Die anderen wurden nun doch etwas unruhig.

Das E wendete ein: „Aber jeder von uns darf auch einmal der Grundton sein und die anderen müssen sich dann eine Zeitlang nach ihm richten!"

Das C wurde jetzt lauter: „Am häufigsten müsst ihr euch nach mir richten!"

Einige Töne brausten wütend auf.

Das Des posaunte: „Weil einige Musiker nicht gern üben."

Das B erschallte nun: „Aber das sind Ausnahmen. Außerdem gab es einen Komponisten, der in geradezu revolutionierender Weise, die Musik veränderte! Es gibt bei ihm keine Vorherrschaft eines einzelnen Tons über die anderen. Seine Musik wurde nach uns allen benannt: Die Zwölftonmusik.
Und viele Komponisten schlossen sich seiner Schule an."

Der Kammerton blieb unerschütterlich. „Die Orchester, die diese Musik spielen, werden vorher nach meinem Ton eingestimmt. Ich war, bin und bleibe nun einmal der Kammerton!"

„Früher warst du jedenfalls tiefer", brummte das F.

„Die sich erhöhen, sollen erniedrigt werden", piepste das G.

„Genau", fühlte sich der Kammerton verstanden.
„Und jetzt bin ich nämlich viel höher eingestimmt,
weil es einfach besser klingt."

„Wer A sagt, muss auch B sagen!", betonte das B.
„Eigentlich war ich schon früher der Ton, zu dem du
erst jetzt geworden bist. Nur, dass ich dadurch nicht
Kammerton hieß, sondern meinen Namen B
beibehielt. Undank ist nun einmal der Welten Lohn."

„Also A=B", zirpte das Gis. „Nein, ich bin jetzt der
Ton, der der Kammerton früher war."

Das C war nun etwas durcheinander und brummte:
„Aber, war nicht $a^2+b^2= ...c^2$"

Dem D wurde es nun zuviel: „Hört schon auf! Wenn
zwei sich streiten, freut sich der Dritte."

„Und in diesem Fall, der in der Mitte", ergänzte der
Kammerton. „Einer hat schon richtig bemerkt: Eure
Namen haben sich nicht geändert. Seit
Menschengedenken hört ihr auf den gleichen Namen.
Nur, dass ihr Töne von den Menschen erhöht worden
seid und das gleichmäßig. Einschließlich meiner
Wenigkeit."

„Alle Töne waren Brüder", summte das C. „Und wir
werden es wieder sein, wenn wir uns einig sind!"

Die Töne fanden sich erneut zu einer innigen Musik
zusammen.

VII

Da öffnete sich plötzlich die Studiotür und das Licht
ging an.
Herein kamen der Komponist und die Musiker.
Die Musik brach mit einem Mal ab.

„Habe ich nicht gerade was gehört?", fragte der
Pianist.

„Du hörst schon Gespenster. Hier ist alles still!",
fauchte ihn der Komponist an.

„Nein, nein, ich habe es auch gehört", gab der Geiger
seinem Kollegen Recht.

„Pst", befahl der Pianist. „Seid doch einmal still."
Er lauschte angestrengt. „Mucksmäuschenstille.
Nein. Nichts zu hören."

„Na, bitte."
Der Komponist fühlte sich in seiner Wahrnehmung
bestätigt.
„Ihr seid nur etwas überreizt, was ich natürlich
verstehen kann. Hier ist es genauso still, wie im Cafe
gegenüber, was aber auch mal recht angenehm ist.
Überall dieses ständige Gedudel. Hoffentlich kaufen
sie nicht so schnell eine neue Musikanlage.
Also, zum Stand der Dinge:
   1. Mein Klavierstimmer hatte gestern einen Unfall
      mit seinem Auto. Ihm ist zum Glück nichts
      passiert. Aber er muss sich heute um sein
      Auto kümmern, besser gesagt, um das, was
      von ihm übrig blieb und kann somit
      verständlicherweise nicht zum Klavierstimmen

kommen. Der Ärmste. Aber privat geht nun einmal vor Katastrophe.

2. Das elektronische Klavier ist zurückgebracht worden.
3. Der Chef hat sich die Violine seiner Tochter ausgeliehen.
4. Unsere Sängerin hat sich zwar krankschreiben lassen.
5. Aber, sie wird vertreten - hoffentlich würdig - von unserer hochgeschätzten und verehrten Elfriede-Elsbeth Finster. Ich habe sie vorhin zu Hause erreichen können. Sie war tatsächlich zu früher Stunde schon unterwegs gewesen.
6. Der Sender hat die Produktion verschoben. Ich bin damit wieder dabei.

Wie ihr gehört habt...

„Klärt sich alles", vervollständigte der Geiger den Satz.

„Du sagst es", bestätigte ihn der Komponist.

„Und die Noten?", wollte der Pianist von ihm wissen.

„Tja, wie gesagt... Ich habe sie zu Hause einfach nicht finden können. Und ich hatte auch keine Zeit, sie noch einmal aufzuschreiben. Aber ihr seid doch Profis. Es wird doch wohl auch ohne gehen. Schließlich kennt ihr doch das Stück."

„Aber klar", sagte der Pianist. „Die Neubearbeitung deines alten Schlagers basierend auf einer überlieferten sizilianischen Volksweise deutschen Ursprungs aus dem 16. Jahrhundert."

„Ein Komponist geht mit seinem Freund durch die Stadt.... Aus einem Fenster hören sie eine Melodie. ´Ist das von dir?´, fragt der Freund. ´Noch nicht, aber bald!´, antwortet der Komponist.“

„Auf jeden Fall ist gut geklaut immer noch besser, als schlecht komponiert“, rechtfertigte sich der Komponist. „Ihr werdet es bald hören! Sehr zeitgemäß und vor allem von mir neu arrangiert“, lobte sich der Komponist.

Plötzlich war ein Ton zu hören.

Der Komponist war sehr erstaunt. „Was war denn das?“

Der Ton erklang noch einmal.

„Ein Ton!!!“, riefen jetzt der Pianist und der Geiger zusammen.

Der Komponist zeigte an die Decke und rief:
„Na, hat man Töne!
Das ist ja eine schöne Bescherung.“

Der Geiger korrigierte ihn: „ Du meinst, Dis ist eine schöne Bescherung.

„Ihr müsst schon richtig zuhören!“, verlangte der Pianist. „Des! Des! Des ist eine schöne Bescherung.“

„´This is Cis´ würde der Engländer sagen“, gab der Geiger zum Besten.

„Quatsch hier keine Opern", sagte der Komponist und forderte seine Kollegen auf: „Jetzt aber los! Ihr macht mit! Wir müssen den Ton einfangen!"

„Aber wie?", wollten sie wissen.

„Stellt euch nicht so an!" Der Komponist nahm eine Stehleiter, die in der Ecke stand und stellte sie unter sie Stelle, wo er den Ton gehört hatte. Dann stieg er vorsichtig hinauf.

Der Pianist schaute andächtig zu ihm auf, während er ihm ein Glas reichte: „Jetzt weiß ich endlich, was eine Tonleiter ist."

Der Geiger hatte inzwischen einen leeren Blumentopf gefunden und streckte ihn in die Höhe.

„Du Idiot!", fuhr ihn der Komponist an. „Der hat doch unten ein Loch. Aber das kann ein Musiker natürlich nicht wissen." Er stocherte mit dem Glas an der Decke herum. „Der Ton muss die Orientierung verloren haben."

„Er ist Des- orientiert", befürchtete der Pianist.

„Ich hab ihn! Ich hab ihn!" Der Komponist hielt das Glas mit der Hand zu. „Los, los, holt noch mehr Gefäße, denn hier sind noch mehr Töne."

Es herrschte nun ein hektisches Treiben. Eine wilde Jagd auf die Ausreißer wurde vollzogen.

Zwischendurch waren immer wieder einzelne Rufe der Jäger zu hören.

Aber auch einzelne Töne waren zu hören.
Sie kreischten, lärmten, dröhnten, polterten,
ratterten herum und brausten auf.

Es war ein ohrenbetäubender Lärm.

„Ich hab ihn. Hier ist noch einer. Und hier auch. Dis
wird ja immer schöner. Ja, Dis geschieht dir recht.
Es geht voran. Geh, Geh hier hinein. Der denkt wohl,
es ist ein absolutes As.
Du Aasgeiger. Du sollst gut B- hütet sein. Du sollst
gut B- bewacht sein. Nun sei doch nicht so Fis zu
mir. Da ist ja noch ein
D- liquent. Er scheint etwas D- pressiv zu sein.
Sozusagen eine D- likate Angelegenheit.
F. Das F. Jetzt nur keine eFFekthascherei. Fangt
auch ihn ein.
Da ist das tiefe C. Aber, es bewegt sich trotzdem so
geschwind, wie das Licht. Und da ist das E. Wir
werden beim Einfangen richtig E- ffizient. Wir werden
euch schon die Flötentöne beibringen."

Der Komponist zeigte sich sehr zufrieden.
„So, jetzt dürften wir alle beisammenhaben. Ah…
Ah… Nein, noch nicht. Hier ist er, der Kammerton!"

Der Pianist und der Geiger kamen vorsichtig näher
und versuchten ihn einzufangen, wobei sich der
Kammerton heftig wehrte.

„Wer nicht hören will, muss fühlen", zitierte der
Pianist.

Der Kammerton wurde nun merklich tiefer im Ton.

„Vorsicht! Vorsicht!", mahnte der Komponist.
„Er darf sich nicht verstimmen, sonst haben wir
nachher große Probleme mit ihm.
So, nun aber wieder schön brav an eure Plätze!
Warum habt ihr euch eigentlich versteckt?"

Die Töne hüllten sich in eisiges Schweigen.

„Ein großes Durcheinander habt ihr angerichtet!",
sagte streng der Komponist.

Die Töne waren immer noch stumm, wie die Fische.

„Ich versuche euch ja zu verstehen. Hier im Studio
geht es nun mal ganz schön hektisch zu.
Zum einen jede Art von Musik, zum anderen
Musiker, die sich schlecht oder gar nicht vorbereitet
haben... eben Musiker und dann auch Sängerinnen,
Sänger, ja sogar Tenöre.
Eben nicht nach jedermanns Ge-hör.
Die vielen Aufnahmen, bis man jemand zumuten
kann, sie sich in einer ruhigen und aufgeräumten
Stunde anzuhören.
Und dann der ständige Termindruck.
Eben das ganze abendfüllende Programm.
Aber, deswegen gleich verstecken. Wenn ihr zu Gehör
gebracht werdet, freut sich doch jeder,
jedenfalls meistens. Ich verspreche, dass ich ab
sofort unerhört sorgfältig und behutsam mit euch
umgehen werde und ihr versprecht mir, dass ihr
euch nicht mehr vor uns versteckt."

Die Töne bekundeten eine leichte Zustimmung.

„Wir wollen es auch versprechen", war vom Pianist und vom Geiger zu hören.

Der Komponist setzte feierlich noch hinzu: „Und ich möchte noch besonders betonen, dass wir euch stets in den höchsten Tönen loben wollen."

Die Töne erklangen wieder.

Der Komponist ergriff als erster die Initiative: „Nun wollen wir aber schnell aufräumen und alles für die Aufnahme vorbereiten."

Die drei machten sich an die Arbeit.

In diesem Augenblick kam die Sängerin herein.
„Hört nur meine Stimme! Glockenrein.
Von Erkältung überhaupt keine Spur mehr.
Und bei euch? Alles klar für die Aufnahme."

Der Komponist teilte ihr mit: „Ja, stell dir vor, es hat sich alles geklärt. Kein Wunder, dass nichts mehr ging, da sich die Töne versteckt hatten."

„Versteckt?", fragte die Sängerin.

„Ja", antwortete der Komponist. „Aber das erzählen wir dir später. Wir gehen nämlich gleich in das Cafe, um die Aufnahme zu besprechen. Übrigens, was ich dir noch sagen wollte... Du siehst heute besonders entzückend aus. Diese Grautöne...So Ton in Ton..."

„Das ist eben ihre persönliche Note", sagte der Geiger.

„Eben", fügte der Komponist hinzu.

Der Pianist und der Geiger überprüften noch einmal ihre Instrumente, die wieder bespielbar waren, der Komponist stellte die Leiter in die Ecke und die Sängerin trällerte vor sich hin.

Dann gingen sie gemeinsam zum Cafe gegenüber.

VIII

Nun waren die Töne wieder unter sich.

„Warum hast du uns verraten?", verhörte der Kammerton das Des.

Die anderen Töne waren auf seine Ausführung sehr gespannt.

Das Des klang sehr matt: „Sie taten mir leid."

„Leid. Leid. Mit uns hatten sie auch kein Erbarmen!", wies ihn der Kammerton zurecht.

„Du hast doch gehört, was sie versprochen haben. Wir sind also... nun ja... gewissermaßen erhört worden."

Der Kammerton blieb skeptisch. „Ich hörte es wohl, allein mir fehlt der Glaube."

„Es klang aber recht glaubhaft." Das Des blieb beharrlich.

„Glaubhaft?! Glaubhaft?!", echote der Kammerton.

Das Des ließ sich nicht abbringen:
„Vielleicht ändern sie sich doch. Lasst es uns noch einmal versuchen."

Der Kammerton und die anderen waren jetzt ganz still.

Das Des wurde geradezu beschwörend:
„Ein einziges Mal noch!
Wenn sie ihr Versprechen nicht halten,
können wir uns doch wieder verstecken,
aber diesmal dort,
wo uns niemand mehr hören kann.
Wir werden für die Menschen für alle Zeit unhörbar.
Und wir könnten, wenn wir wollten,
in unvorstellbarer Unendlichkeit
die höchste Vollkommenheit,
die ewige Stille erreichen."

Dieses eindringliche Plädoyer verfehlte nicht seine
Wirkung und die anderen Töne waren mit diesem
Vorschlag einverstanden.

Nun kamen die drei Herren ins Studio zurück.

Der Komponist war ganz aufgeregt:
„Das wird ein Hit! Das ist die Idee! Dass mir das
gerade einfiel, ist phantastisch. Wir sollten es gleich
einmal ausprobieren, auch ohne die Sängerin.
Hier ist das Thema. Ihr seid ja meine Handschrift
gewohnt!"

„Die Sängerin wird wohl einige Zeit mit ihrer
Autogrammstunde beschäftigt sein", sagte etwas
neidisch der Geiger.

„Das müssen bestimmt drei Schulklassen gewesen
sein und alle Schüler haben sie gekannt", beklagte
der Komponist. „Und eigentlich ist sie durch meine
Kompositionen erst so bekannt geworden. Aber lasst
uns nun beginnen."

Die Musiker begannen mit den Tönen nun ein gemeinsames inniges Spiel.

Es war einfach wunderschön anzuhören.

Jemand kam ins Studio. Schade, dass die Musik unterbrochen wurde.

Ich erschrak.

„Na, Überstunden gemacht?" Der Chef griente. „Übrigens... die Arbeit hättest du dir sparen können. Ich habe noch mal reingehört. Wenn wir bei der Endfertigung der CDs den Kompressor und den Expander benutzen,
dann hört sich das Atmen fast normal an.
Kein Problem also. Ich glaube, das können wir dem Verlag einfach so unterjubeln. Wäre ja nicht das erste Mal. Gewusst wie. Na, Kopf hoch...das lernst du auch noch. Dann einen schönen Feierabend."
Er machte sich an einem Mikrofon zu schaffen.

Ich schaltete den Computer aus und zog mir meine Jacke über.
Ich wünschte den drei Herren viel Erfolg bei der Aufnahme.
An der Tür begegnete ich der Sängerin.
Ich lächelte ihr zu.
Sie sah heute besonders entzückend aus.
Diese Grautöne...
So Ton in Ton...
Das ist eben ihre persönliche Note.
Erleichtert verließ ich das Tonstudio.